LA BOURBONNOISE,

FARCE BOUFFONNE

EN UN ACTE.

Par M. ****

Représentée à Paris pour la première fois au mois de Novembre 1768.

Le prix eſt de vingt-quatre ſols broché.

A PARIS,

Chez CLAUDE HERISSANT, Imprimeur-Libraire, rue Neuve Notre-Dame, à la Croix d'or.

M. DCC. LXVIII.

Avec Approbation & Permiſſion.

ACTEURS.

M. SERREFORT, Procureur.

LA BOURBONNOISE.

Mlle DES USAGES.

M. TUE, Dragon.

RETAPPE, Coëffeur de Dames.

SUZON, Cuiſiniére de la Bourbonnoiſe.

ARLEQUIN, Revendeuſe à la toilette, Traiteur, Tapiſſier, & Commiſſaire.

La Scène eſt dans l'appartement de la Bourbonnoiſe.

Lû & approuvé ce 20 Septembre 1768.
MARIN.

Vû l'Approbation, permis d'imprimer ce 3 Novembre 1768. DE SARTINE.

LA BOURBONNOISE,

FARCE BOUFFONNE EN UN ACTE.

SCENE PREMIERE.

LA BOURBONNOISE, Mlle DES USAGES.

Mlle DES USAGES.

AIR : *Ma cousine.*

A voisine,
Ma voisine,
De la raison suivez la loi ; *bis.*
renvoyez Croyez moi,
l'amant qui vous ruine.

Air : Pour la Baronne.

Votre tendreſſe
Pour Retappe eſt hors de propos ;
Point de foibleſſe.

LA BOURBONNOISE.

Mais il eſt ſi jeune & ſi beau !
De mon cœur ſuis-je la maîtreſſe ?
Il eſt charmant, jeune & diſpos.

Mlle DES USAGES.

Point de foibleſſe.

Air : Croyez-vous pour une foibleſſe.

Lorſque l'on eſt dans l'indigence,
Doit-on laiſſer parler ſon cœur ?
Ce n'eſt qu'au ſein de l'opulence
Qu'on doit reconnoître un vainqueur.

LA BOURBONNOISE.

Même air.

J'aime mon amant, il m'adore ;
Puis-je ne pas combler ſes vœux ?

Mlle DES USAGES.

Va, je te le répete encore,
L'amour peut vous perdre tous deux.

LA BOURBONNOISE.

Il eſt vrai que je ne ſuis pas à mon aiſe, tu le ſçais.

AIR : *Pour héritage.*

Pour héritage,
Je n'eus de mes parens
Que l'avantage
De quelques agrémens.

Mlle DES USAGES.

Et ne vois-tu pas bien, pauvre innocente,
Que tu dois te faire une rente
De ce petit bien ?

Car enfin que prétens-tu faire avec ton Retappe, si vous êtes tous les deux sans argent ? Ecoute un précepte que j'ai lû, je ne sçais où.

AIR : *Du Confiteor.*

L'or ne fait point aimer ; mais quelle est la constance
De deux amans toujours suivis de l'indigence ?
Peut-on, en ressentant l'horrible pauvreté,
Mêler les mots d'amour & de nécessité ?

Le travail tout courbé regne dans la chaumiére,
L'ennui dans les Palais, & l'amour à Cythére ;
Les chiffres du malheur effarouchent ses yeux,
Le pauvre a la douleur, l'amour suit les heureux.

Profite de cette leçon, crois-moi : tu es jeune, jolie, sans bien ; & tu serois assez folle pour te marier. Fais profiter auparavant tes appas, tu trouveras aſſez de dupes qui mettent l'enchére à pareille marchandiſe.

LA BOURBONNOISE.

Tu me paroît trop franche pour ne pas t'ouvrir mon cœur. Apprens donc toute mon hiſtoire, & par hazard je me trouve en ces lieux. Je ſuis née à Vichi en Bourbonnois : mon pere y tenoit une auberge aſſez conſidérable. Un Abbé qui venoit y prendre les eaux pour des vapeurs, vint, malheureuſement pour moi, loger chez nous. Il me vit, je lui plûs, & je ne ſçais comment il fit : mais je me trouvai un jour dans ſa chaiſe à cinquante lieues de mon pays, ſans ſçavoir où j'allois. Il m'amena à Paris, me logea dans cette maiſon, m'y meubla ce petit appartement, continua ſes viſites pendant ſix mois ; & depuis quinze jours il eſt reparti pour aller, je crois, prendre de nouvelles eaux : cependant mon pere eſt mort du chagrin que lui a cauſé ma fuite, & il m'a déshéritée. Il ne me reſte dans le monde que toi & mon cher Retappe : puis-je faire mieux que de le prendre pour époux ?

Mlle DES USAGES.

Tu n'y penſes pas : Retappe, je le ſçais, eſt bon coëffeur ; mais il n'amaſſe rien. Ce n'eſt pas là ce qu'il te faut. Je veux te voir, avant peu, bon équipage, petite maiſon, grand train : va, ſi j'avois ton âge & tes yeux ; mais malheureuſement la beauté eſt un fruit qui n'a qu'un point de bonté ; encore verd, on n'y touche pas ; trop mûr, on le méprise.

LA BOURBONNOISE.

Mais je ne sçaurai jamais comment m'y prendre pour mettre à profit tes conseils.

Mlle DES USAGES.

Ecoute-moi : tu as de la jeunesse & de la beauté ; j'ai vécu & acquis beaucoup d'expérience ; c'est un fonds qu'on peut mettre au plus haut intérêt : soyons seulement de moitié.

LA BOURBONNOISE.

De tout mon cœur.

Mlle DES USAGES.

En ce cas je vais te faire part de toute ma science.

AIR : *Comme v'la qu'est fait.*

Avec un homme d'importance
Tu dois, pour bien te faufiler,
Feindre un certain air d'innocence,
N'oser ni rire, ni parler,
Rougir à la moindre équivoque :
Veut-on en venir à l'effet,
Dire : Fi donc, Monsieur se moque ;
Monsieur, finissez, s'il vous plaît.
V'la comme on fait,
V'la comme on fait.

Bientôt avec plus d'aſſurance
On reçoit chaque jour ſes ſoins,
Et ſous un air de confiance
On découvre certains beſoins;
On fait bien valoir l'importance
Du ſincére aveu que l'on fait;
On refuſe par bienſéance,
Par amour on prend le bienfait.
V'la comme on fait. *bis.*

LA BOURBONNOISE.

AIR: *Du haut en bas.*

Ah! qu'ils ſont bons,
Tous les avis que tu me donnes!
Ah! qu'ils ſont bons!
J'en profiterai ſans façon;
Je ferai ce que tu m'ordonnes,
A tes avis je m'abandonne;
Car ils ſont bons.

AIR: *De Manon Giroux.*

Mais ſi par malheur Retappe
Devenoit jaloux;
S'il diſoit que je l'attrape,
Je crains ſon courroux.

Mlle DES USAGES.

Ne crains rien, laiſſe-moi faire,
Je vais lui parler;
Je me ris de ſa colére,
Et vais tout régler.

LA BOURBONNOISE.

AIR : *Ah! Monſeigneur.*

Mon cœur s'agite : ah ! le voilà ;
Je m'en fuis.

Mlle DES USAGES.

Et non, reſte-là ;
N'appréhende pas ce garçon,
C'eſt un vivant, un bon luron ;
Il entendra bientôt raiſon :
Je le connois, & t'en réponds.

SCENE II.

LA BOURBONNOISE, Mlle DES USAGES, RETAPPE.

RETAPPE.

AIR : *Chere Annette, reçois l'hommage, &c.*

JE reviens, belle Bourbonnoiſe,
T'offrir cette roſe & mon cœur.
Tu connois quelle eſt ma tendreſſe,
De mon amour tu vois l'ardeur.
Viens, pour achever ton ouvrage,
Mettre le comble à mon bonheur :
Et par les nœuds du mariage,
A jamais joignons nos deux cœurs.

LA BOURBONNOISE.

Air : *Des ſimples jeux de ſon enfance, &c.*

M'unir à l'amant que j'adore,
Eſt le plus doux de tous mes vœux.
Cher amant, que ne puis-je encore
Par les miens accroître tes feux !
Tu ſçais que dans le mariage
On éprouve mille beſoins.

RETAPPE.

Je n'en ſçais rien ; mais en ménage
J'aurai ton cœur, & toi mes ſoins.

Air : *La jeune Annette, &c.*

Plein de tendreſſe
Pour ma maîtreſſe ;
J'aurai ſans ceſſe
Le peigne en main. *Bis les quatre.*
Avec courage,
Dans mon ménage
Je ferai rage,
Friſant ſans fin,
Friſant, friſant,
Friſant ſans fin.

Avec adreſſe
Chez la Comteſſe,
Chez la Ducheſſe
Je vais peignant. *Bis les quatre.*
Chez la Bourgeoiſe,
Chez la Grivoiſe,
Chez la Matoiſe

J'en

J'en fais autant:
J'en fais, j'en fais,
J'en fais autant.

Mlle DES USAGES.

Voilà ce qui s'appelle parler à merveilles. Mais, écoute-moi, Retappe; combien y a-t-il que tu est coëffeur?

RETAPPE.

Environ six ans.

Mlle DES USAGES.

Et bien, dis-nous ce que tu as amassé.

RETAPPE.

Amassé? tu badines: & pour qui? Mais quand je serai marié...

Mlle DES USAGES.

Tu seras encore plus gueux. Tu as de la peine à vivre tout seul; que sera-ce quand une femme, des enfans... Tiens, Retappe, tu es bon enfant; il faut que je t'associe à notre fortune.

RETAPPE.

Que veux-tu dire?

Mlle DES USAGES.

Que je veux te trouver quelqu'un qui dote ta charmante Bourbonnoise, & qui paye les violons de la noce.

RETAPPE.

Bien obligé de la bonne volonté, Mademoiselle des Usages, c'est-à-dire, que vous voulez faire de moi... bien obligé. Je ne suis pas comme votre Monsieur Tue, qui amant commode vous laisse..

Mlle DES USAGES.

Pauvre nigaud! Il te sied bien d'être délicat, tandis que les gens de qualité ne s'en piquent plus.

Air : *Des portraits à la mode, &c.*

De l'intérêt méconnoître la voix,
A la vertu conserver tous ses droits,
De l'honneur suivre aveuglément les loix,
C'étoit la vieille méthode.
Dans l'opulence placer la grandeur,
Ne plus respecter vertu ni pudeur,
Comme un préjugé regarder l'honneur,
Voilà les vertus à la mode.

RETAPPE.

Air : *Si vous étiez ma Colette, &c.*

Pense-tu que la richesse
Puisse faire le bonheur?

Mlle DES USAGES.

Pense-tu que la tendresse
Puisse suffire à ton cœur?

RETAPPE.

Chéri de ma Bourbonnoise,
Je braverai l'or des Rois.

Mlle DES USAGES.

Dans les bras d'une maîtresse
La faim perd-t-elle ses droits?

RETAPPE.

Malgré toutes ces raisons, je ne puis me résoudre à n'être qu'un sot.

Mlle DES USAGES.

Mais où as-tu mis ton esprit aujourd'hui? Qui te parle de cela? Il s'agit seulement d'attraper quelque nigaud, qui paye les frais de la noce, & qui nous fasse rire à ses dépens.

RETAPPE.

Mais qui m'assurera qu'il ne rira pas en secret aux miens : que sçais-je?

LA BOURBONNOISE.

AIR : *Monsieur le Maître, &c.*

Cher Retappe,
Cher Retappe,
Ne doute pas de mon cœur;
Ne crains pas que je t'attrape:
Cher Retappe,
Cher Retappe.

RETAPPE.

Non, je n'en doute plus, & je me rends.

AIR : *Un mouvement de curiosité, &c.*

Pour être heureux, lorsque l'on se marie,
Epoux, faites fonds de crédulité.
Ce qui peut troubler le bonheur de la vie,
N'est souvent qu'un grain de curiosité.
Pour être heureux, lorsque l'on se marie,
Epoux, faites fonds de crédulité.

AIR : *Sans le ſçavoir, &c.*

Plus d'un mari, quoique fort ſage,
Dans ſon logis fait grand tapage,
Lorſqu'on le contraint à tout voir.
Mais ſi du fardeau qu'il ſupporte,
On ſçait écarter le miroir ;
Il ne dit mot, quand il le porte
Sans le ſçavoir.

Mets ta main là-dedans. Tu me promets de ne me point trahir ?

LA BOURBONNOISE.

AIR : *De mon Berger volage, &c.*

Tendre objet de ma flamme,
Reçois-en le ferment :
Va l'amour qui m'enflamme,
Eſt ſincére & conſtant.
Puis-je briſer la chaîne
Qui joint mon ſort au tien,
Quand le nœud qui m'enchaîne
Eſt ſerré par ma main ?

RETAPPE.

C'en eſt fait, je me rends. Je veux faire plus : je connois certain Procureur riche & voluptueux, grand ſot ; c'eſt juſtement notre fait : je veux vous l'amener, nous en tirerons parti.

LA BOURBONNOISE.

Et d'où le connois-tu ?

RETAPPE.

C'eſt moi qui coëffe ſa femme ; jeune, brune, égrillarde, qui lui rend bien le change.

LA BOURBONNOISE.

AIR : *Sçavez-vous ce que fait Liſette, &c.*

Ne coëffes-tu que ſon épouſe ?

RETAPPE.

Jalouſe,
Je puis te l'aſſurer.

LA BOURBONNOISE.

Oſerois-tu bien en jurer ?
Ne crains pas que je m'en courouce.
Ne coëffes-tu que ſon épouſe ?

RETAPPE.

Jalouſe,
Je puis te l'aſſurer.

Mlle DES USAGES.

C'eſt aſſez cauſer, ſongeons à notre affaire. Viens avec moi, voiſine, faire un tour. Toi, aménes-nous ton pigeon ; je me charge de le plumer.

LA BOURBONNOISE.

Au revoir.

RETAPPE.

Ne ſoyez pas long-temps.

SCENE III.

RETAPPE *seul.*

AIR : *Je suis un bon frotteur, &c.*

JE suis un bon coëffeur
Qui fait avec cœur
Son ouvrage :
Sans soucis ni chagrin,
Du soir au matin
J'ai le peigne en main. *Bis.*
Qu'un vieil époux,
Maussade & jaloux,
Chez lui fasse rage ;
Je le coëffe aussi-tôt :
Mon jaloux bientôt
N'est qu'un sot.

SCENE IV.

M. SERREFORT, RETAPPE.

RETAPPE.

QUE vois-je? & c'eſt Monſieur Serrefort? (*à part*) Son mauvais deſtin me l'améne ſans l'aller chercher. (*haut*) Que demandez-vous ici?

SERREFORT.

Ah! c'eſt toi, Retappe, je ſuis ravi de te voir: je cherche un nommé Pilletout, Procureur. On m'a enſeigné, je crois, cette maiſon.

RETAPPE.

On vous a trompé.

SERREFORT.

En ce cas, je m'en retourne bien vîte.

RETAPPE.

Non pas, s'il vous plaît; je ſuis invité dans cette maiſon au plus joli ſouper qu'on puiſſe trouver: nous y rirons, parbleu. Il faut que je vous en mette.

SERREFORT.

Y a-t-il des femmes?

RETAPPE.

Les deux plus aimables de Paris.

SERREFORT.

Je me rends : ſur-tout à ma femme *motus*.

RETAPPE.

Ne craignez rien. Mais où allez-vous donc ?

SERREFORT.

Je vais juſque chez moi porter de l'argent, que je viens de toucher d'une de mes Parties adverſes, à qui j'ai bien voulu confier, deux heures, le ſac d'un de mes Cliens. Je ſuis à toi dans l'inſtant.

RETAPPE.

à part. *haut.*

Oh ! ce n'eſt pas-là notre affaire... Bon, ſi vous retournez chez vous, votre femme vous retiendra ; & votre argent d'ailleurs eſt ici en ſûreté.

SERREFORT.

Je n'en doute pas... Mais encore, comment ſe nomme la maîtreſſe de ce logis ?

RETAPPE *à demi-voix, & d'un air de myſtére.*

Vous êtes chez l'aimable Bourbonnoiſe.

SERREFORT.

D'honneur. Elle fait bien du bruit : le mérite-t-elle ?

RETAPPE.

Sans contredit.

AIR : *La Bourbonnoiſe, &c.*

La Bourbonnoiſe
Eſt fille d'honneur,
La Bourbonnoiſe
Eſt fille d'honneur :

Eſt

Eſt fille d'honneur,
La Bourbonnoiſe ;
Eſt fille d'honneur,
Et de bon cœur.

✻

Elle eſt novice
Au doux jeu d'amour,
Elle eſt novice
Au doux jeux d'amour :
Au doux jeu d'amour
Elle eſt novice,
Au doux jeu d'amour
Ne ſçait nul tour.

✻

Elle refuſe
De plus d'un Seigneur,
Elle refuſe
De plus d'un Seigneur :
De plus d'un Seigneur,
Elle refuſe,
De plus d'un Seigneur
L'or & le cœur.

✻

A l'innocence
Elle unit la gaieté,
A l'innocence
Elle unit la gaieté :
Elle unit la gaieté
A l'innocence,
Elle unit la gaieté
A la beauté.

✻

SERREFORT.

Ce que tu me dis-là, est admirable : je suis bien curieux de la voir; je n'en avois pas entendu parler si avantageusement.

RETAPPE.

Et dans ce siécle qui peut éviter les traits empoisonnés de la calomnie? la vertu même n'en est pas à l'abri. Et sans aller si loin, combien n'en dit-on pas sur le compte des Procureurs, qui cependant.....

SERREFORT.

Il est sûr qu'il est indigne de voir des gens d'une conscience aussi timorée exposés aux sarcasmes de l'envie; cela fait frémir.

RETAPPE.

Ce siécle est bien méchant. Mais, Monsieur, voilà cette aimable enfant qui entre : comment la trouvez-vous?

SERREFORT.

Charmante. Mais quelle est cette Dame qui est avec elle?

RETAPPE *embarrassé.*

C'est, Monsieur, ... oui : ... c'est Madame ... sa tante.

SERREFORT.

Elle est encore fort aimable.

SCENE V.

LA BOURBONNOISE, Mlle DES USAGES, SERREFORT, RETAPPE.

RETAPPE.

MESDAMES, voulez-vous bien que je vous présente Monsieur Serrefort? C'est un honnête homme, Procureur en la Cour, qui voudroit avoir l'honneur de vous faire sa révérence. (*bas à Mlle des Usages*,) Tu es la tante rigide.

Mlle DES USAGES.

Monsieur fait beaucoup d'honneur à ma niéce & à moi; mais vous sçavez, Monsieur, que nous ne recevons personne. Quand on est femme, & jeune encore, il faut craindre les mauvais bruits. Et un homme fait comme Monsieur est capable d'y donner un grand jour de vraisemblance.

M. SERREFORT.

Ah! Madame, vous êtes trop bonne.

Mlle DES USAGES.

Ma niéce, faites les honneurs; j'ai quelque chose de conséquence à dire à Monsieur Retappe. Voulez-vous bien permettre, Monsieur?

M. SERREFORT.

Vous vous moquez, Madame.

LA BOURBONNOISE.

Monsieur veut-il s'amuser à jouer ?

M. SERREFORT.

Tout ce qu'il vous plaira, Mademoiselle.

LA BOURBONNOISE.

Et bien, je vais approcher cette table, nous ferons un piquet.

M. SERREFORT.

Mon Dieu ! Mademoiselle, laissez-moi faire.

LA BOURBONNOISE.

Où vous placez-vous ?

M. SERREFORT.

A la place que vous laisserez.

La Bourbonnoise s'assied de façon que Serrefort a le dos tourné à Retappe & à Mlle des Usages, qui sont de l'autre côté du Théâtre, & qui lui font signe quel jeu il a dans sa main.

(Cette conversation est à voix basse.)

Mlle DES USAGES.

Voilà donc ton original ?

RETAPPE.

Oui. Il est venu lui-même se prendre dans nos filets.

Mlle DES USAGES.

Est-il garni ?

RETAPPE.

Oui, je t'en réponds.

Mlle DES USAGES.

Tant mieux. Mais comment nous y prendrons-nous pour le renvoyer sec ?

RETAPPE.

Laisse-moi faire. J'ai mon garçon perruquier, nommé Arlequin ; c'est un égrillard & un fin matois, je suis sûr qu'il remplira bien son rôle.

Mlle DES USAGES.

Ne tarde pas : battons le fer tandis qu'il est chaud.

SCENE VI.

SERREFORT, LA BOURBONNOISE, Mlle DES USAGES.

Mlle DES USAGES *s'approchant de la table & s'appuyant sur la chaise de Serrefort.*

HE bien, ma niéce ; comment menez-vous Monsieur ?

M. SERREFORT.

Tout doucement, Madame.

LA BOURBONNOISE.

C'eſt moi, je crois, qui ſuis la premiére.

M. SERREFORT.

Oui, Mademoiſelle. Mais, Madame, vous êtes mal là? Permettez que je vous approche un fauteuil.

Mlle DES USAGES.

Ce n'eſt pas la peine, Monſieur, ne vous dérangez pas.

Tandis qu'il eſt allé chercher un fauteuil, on regarde ſon jeu, on lui prend des fiches, & on change les marques.

Que je ſuis fâchée de la peine.

LA BOURBONNOISE.

Avez vous écarté, Monſieur?

M. SERREFORT.

Pas encore, Mademoiſelle.

Mlle DES USAGES.

Il faut que je vous conſeille. Écartez ce cœur.

M. SERREFORT.

C'eſt ma garde.

Mlle DES USAGES *prenant la rentrée.*

Qu'importe? point d'as. Comptez votre jeu, ma niéce.

LA BOURBONNOISE.

Cinquante-ſept en cœur.

M. SERREFORT.

Excellens.

LA BOURBONNOISE.

La quatriéme à la Dame.

M. SERREFORT.

Bonne.

LA BOURBONNOISE.

Cela me dira dix, trois en trefle, treize, trois dix, ſeize, & quatorze, font quatre-vingt-dix.

M. SERREFORT.

Mademoiſelle a toujours les as.

LA BOURBONNOISE.

Quatre-vingt-onze du cœur.

M. SERREFORT.

Et moi rien.

LA BOURBONNOISE.

Comment, Monſieur, le roi ſeul ?

M. SERREFORT.

Eh! Mademoiſelle, en jouant contre vous, peut-on jamais avoir garde à cœur ?

LA BOURBONNOISE.

Quatre vingt-douze, quatre vingt-treize, qua

tre vingt-quatorze, quatre vingt-quinze, quatre-vingt-ſeize; quatre-vingt-dix-ſept, du trefle; quatre-vingt-dix-huit, quatre vingt-dix-neuf; cent, du careau; cent un, du pique; laquelle avez-vous gardée?

M. SERREFORT.

Le pique, Mademoiſelle.

LA BOURBONNOISE.

En ce cas, vous êtes repique & capot, vous voyez, c'eſt le dix de careau.

M. SERREFORT.

Voilà la partie finie, je perds neuf fiches.

Mlle DES USAGES.

A combien?

M. SERREFORT.

Au jeu de Mademoiſelle.

LA BOURBONNOISE.

Je ne joue jamais que le plaiſir.

M. SERREFORT.

Pardonnez-moi, Mademoiſelle. Madame; quel eſt le jeu de votre aimable niéce?

Mlle DES USAGES.

Une bagatelle; elle ne paſſe jamais ſon écu.

M. SERREFORT.

En ce cas, je perds vingt-ſept livres & les cartes.

Mlle

Mlle DES USAGES.

Fi donc, Monſieur, des cartes : ma maiſon n'eſt pas une académie ; & mon domeſtique n'eſt pas aſſez conſidérable, pour que ceux qui viennent chez moi, m'en payent les gages. Jamais de cartes ici. Ah ! voilà déja Monſieur Retappe de retour. Bon, vous êtes homme de parole.

SCENE VII.

SERREFORT, LA BOURBONNOISE, Mlle DES USAGES, RETAPPE, M. TUE.

Mlle DES USAGES.

MAis, qui nous amenez-vous donc là ? Eh ! c'eſt mon neveu. Vous voilà donc, petit libertin ? Monſieur, voulez-vous bien que je vous le préſente ?

M. SERREFORT.

Ce m'eſt beaucoup d'honneur. Monſieur eſt dans le militaire ? C'eſt un joli métier.

M. TUE.

Oui, Monſieur. Et bien, petite couſine, comment va la ſanté ?

LA BOURBONNOISE.

Très-bien, couſin.

Retappe entraine d'un côté du théâtre M. Serrefort, tandis que Mlle des Usages, la Bourbonnoise & M. Tue sont de l'autre.

RETAPPE.

Comment trouvez-vous la niéce?

SERREFORT.

Charmante adorable, mille fois plus honnête encore que tu ne me l'avois dit.

RETAPPE.

Et la tante?

SERREFORT.

C'est une femme bien aimable, qui sçait son monde, & qui est très-respectable.

RETAPPE.

Sûrement : & le jeu comment l'avez-vous mené?

SERREFORT.

J'ai perdu.

RETAPPE.

Beaucoup?

SERREFORT.

Non, peu, vingt-sept livres : mais on n'a pas voulu absolument me laisser payer les cartes.

RETAPPE.

Je le crois bien. Oh! vous êtes dans une maison honnête : vous me sçaurez gré de cette connoissance. Elles sont malheureusement un peu gênées dans le moment ; mais dans peu il doit leur rentrer de gros fonds.

SERREFORT.

Hé bien, si je proposois à la tante de lui avancer quelqu'argent ?

RETAPPE.

Gardez-vous-en bien ; un seul mot la feroit sauter aux nuës. Elle n'entend pas raison sur ce chapitre. Si elle vouloit, vous ne sçauriez croire les offres immenses qui, de ma connoissance, lui ont été faites.

SERREFORT.

Hé bien ?

RETAPPE.

Hé bien, elle a tout refusé, & n'a jamais voulu revoir les personnes. Vous pouvez, par exemple, faire quelque cadeau à la niéce ; cela est sans conséquence. (*Il tousse plusieurs fois.*) Hem, hem.

Arlequin paroît en Commissaire ; Retappe lui fait signe que non : il paroît en Traiteur. Retappe, qui tient Serrefort le dos tourné, lui fait signe que non : il reparoît en Tapissier, il lui fait signe que non. Enfin il paroît en Revendeuse, & Retappe lui fait signe qu'oui : pendant ce temps Retappe cause avec Serrefort.

SERREFORT.

Oh ! j'en suis charmé. Je te réponds que dès

ce ſoir nous irons faire un tour chez du Lac enſemble. Que pourrois-je lui donner, qui lui fit plaiſir ? Tu dois le ſçavoir.

RETAPPE.

Bon : quelque petite bagatelle ; un petit rien joli. Oh ! nous verrons.

SERREFORT.

Eſt-elle bien en bijoux ?

RETAPPE.

Comme ça.

SERREFORT.

Si je lui demandois ſon goût ?

RETAPPE.

Fi donc ; elle vous refuſeroit tout net : il faut que cela vienne naturellement

SCENE VIII.

SERREFORT, Mlle DES USAGES, LA BOURBONNOISE, RETAPPE, M. TUE, ARLEQUIN *en Revendeuſe à la toilette.*

RETAPPE.

EH! voilà Mademoiſelle des Menées Revendeuſe à la toilette.

Mlle DES MENÉES.

Votre très-humble, Madame: (*elle fait la révérence à chacun de la compagnie.*) j'ai du joli aujourd'hui & à bon marché.

Mlle DES USAGES.

Bien obligé, Mademoiſelle des Menées, nous ne voulons rien voir aujourd'hui; vous nous tenteriez, & nous ne ſommes pas en argent.

M. TUE.

Oh! oui, vous êtes tentante: regardez-moi ce teint; c'eſt une brune piquante.

Mlle DES MENÉES.

Ah! ah! ah! Monſieur, vous badinez. (*riant.*) Ah, ah.

SERREFORT.

Voyons un peu vos bijoux; la vuë n'en coûte rien.

Mlle DES MENÉES.

Non, Monsieur.

Tirant d'un écrin une bague.

(A Mlle des Usages.)

Air : *J'ai des vapeurs.*

Examinez de cette pierre,
Ma chere,
L'éclat & l'eau.

Tirant une boëte d'or.

(A la Bourbonnoise.)

Cette boëte est toute nouvelle,
Ma belle,
Du dernier beau;
Elle est d'une délicatesse :
Mais examinez,
Regardez.

(A Serrefort.)

Monsieur, voyez-en la finesse.

(A la Bourbonnoise.)

Qu'en pensez-vous,
Mon bijou ?

LA BOURBONNOISE.

Ah ! que cette boëte est charmante,
Ma tante !
Mais regardez.

Mlle DES USAGES *essayant la bague.*

Cette bague est d'une justesse,
Ma niéce :
Mais admirez.

LA BOURBONNOISE.

Ah ! que cette boëte me tente.

Mlle DES USAGES.

Voyez quel éclat !

Mlle DES MENÉES.

Gardez-la.

Mlle DES USAGES.

Non, vous êtes trop séduisante.
Tenez.

LA BOURBONNOISE.

Prenez.

Mlle DES USAGES & la BOURBONNOISE *ensemble.*

Remportez.

Mlle DES MENÉES.

Non, je ne remporterai rien : je suis trop de vos amies pour vous laisser manquer ces deux effets ; on les donne pour rien : c'est un marché d'or. La bague vient d'une Danseuse de l'Opéra, à qui un Milord en fit présent : elle a coûté au moins mille écus, on la donne pour soixante louis. Le Milord est parti ; & la Demoiselle en est si affligée, qu'elle ne veut rien garder de lui, qui puiſſe nourrir ſon triſte ſouvenir.

M. TUE.

Soixante louis! Ma tante, ne laiſſez pas échaper cette occaſion : c'eſt donné pour rien. Qu'en penſe Monſieur ?

SERREFORT.

Il eſt vrai : ce ſeroit un meurtre de n'en pas profiter.

Mlle DES MENÉÉS.

La boëte eſt encore à meilleur marché. Une Dame l'a fait faire exprès pour un jeune Militaire, qu'elle eſtime ; & lui a donnée, ornée de ſon portrait. Elle a coûté au moins deux cent piſtoles : examinez comme c'eſt fini. Et bien le jeune homme, pour lui témoigner ſa reconnoiſſance, a réſolu de garder éternellement le portrait attaché ſur ſon cœur ; & comme la boëte lui devient inutile, il s'en défait, moyennant vingt-cinq louis. Vous voyez que c'eſt donné pour rien. N'eſt-il pas vrai, Monſieur ?

SERREFORT.

Aſſurément.

RETAPPE.

Mademoiſelle, elle vous fait plaiſir ; gardez-la.

LA BOURBONNOISE.

Eh bien, ma tante?

Mlle DES USAGES.

Et bien, ma niéce? Nous voudrions en vain profiter

profiter d'un pareil marché : nous ne ſommes pas en état dans ce moment. Quatre-vingt cinq louis ! cela nous eſt impoſſible. Si Mademoiſelle des Menées pouvoit attendre quinze jours ſeulement... Nous attendons un rembourſement de vingt mille écus ; & il y auroit deux louis à gagner pour elle.

Mlle DES MENÉES.

Vous êtes bien bonne, Madame : je voudrois que ces bijoux m'appartiſſent, ils ſeroient à vous ; mais je ne ſuis pas maîtreſſe de les garder.

Mlle DES USAGES.

En ce cas, remportez-les, Mademoiſelle.

Mlle DES USAGES.

Bien fâchée, Meſdames, de ne pouvoir pas vous obliger.

SERRFFORT.

Un inſtant, Mademoiſelle ; je ne ſouffrirai pas que ces Dames manquent un pareil marché. Voilà ma bourſe : prenez vos deux mille quarante livres, & donnez-moi cette bague & cette boëte.

RETAPPE *à demi-voix.*

Bien. Ah ! vous êtes un coquin qui en ſçavez long.

Mlle DES MENÉES.

Tenez, Monſieur, les voilà. *Elle s'enfuit.*

SCENE IX.

SERREFORT, Mlle DES USAGES, LA BOURBONNOISE, M. TUE, RETAPPE.

SERREFORT.

MADAME, voulez-vous bien l'accepter de ma main; & vous, ma belle Demoiſelle, recevez cette boëte, qui a paru vous faire plaiſir.

Mlle DES USAGES.

Non, Monſieur, je ne ſouffrirai jamais pareille choſe. Ma niéce, remerciez Monſieur de ſa politeſſe, & rendez-moi la boëte.

LA BOURBONNOISE.

La voilà, ma tante.

Mlle DES USAGES.

Monſieur, nous ſommes, on ne peut pas plus, ſenſibles à votre galanterie. Mais il ne nous convient pas de rien accepter : cela ne ſeroit nullement décent. Tenez, Mademoiſelle des Menées, reprenez vos bijoux, & rendez l'argent à Monſieur.

LA BOURBONNOISE.

Et mon Dieu ! ma tante, elle eſt déja partie.

Mlle DES USAGES.

Voyez cette étourdie : & ſans vous rendre votre reſte.

SERREFORT.

Ce n'eſt rien, Madame : la ſomme étoit à peine complette.

RETAPPE.

Et le ſurplus eſt ſon droit de courtage.

M. TUE.

Mais n'eſt-il pas temps de nous mettre à table, ma tante ?

Mlle DES USAGES.

Ah ! tu m'y fais penſer.... Suzon.

SCENE X.

SERREFORT, Mlle DES USAGES, LA BOURBONNOISE, M. TUE, RETAPPE, SUZON.

SUZON.

VOUS m'appellez, Madame ?

Mlle DES USAGES.

Oui, mettez le couvert, & faites-nous ſouper. Vous voudrez bien excuſer, Monſieur, nous ſommes logées petitement : c'eſt ce qui nous oblige à faire de cette piéce notre ſalle à manger.

SUZON.

Madame ?...

Mlle DES USAGES.

Et bien.

SUZON.

Le Traiteur ...

Mlle DES USAGES.

Après.

SUZON.

Il ne veut pas apporter à ſouper.

Mlle DES USAGES.

Comment ?

SUZON.

Oui, Madame, il dit qu'il ne veut plus vous fournir, que vous n'ayez payez ſon mémoire.

Mlle DES USAGES.

Et bien, que ne l'apportoit-il cet impertinent, ſans toutes ces paroles ?

SUZON.

Tenez, Madame, le voilà lui-même.

SCENE XI.

SERREFORT, Mlle DES USAGES, LA BOURBONNOISE, M. TUE, RETAPPE, ARLEQUIN *en Traiteur.*

Mlle DES USAGES.

QU'EST-CE que cela veut dire, Monſieur Fricandeau ? vous refuſez de ſervir une femme comme moi ?

M. FRICANDEAU.

Pardonnez-moi, Madame : j'ai dit ſeulement à votre cuiſiniére que je ne pouvois plus rien vous fournir, attendu que mon mémoire étant plein, il ne me reſtoit plus de place pour écrire.

Mlle DES USAGES.

Mauvaiſes raiſons que cela. Hé bien, voyons donc ce que chante votre grimoire.

M. FRICANDEAU.

Mémoire pour Madame des Uſages demeurant rue des Poulies ſaint Honoré par Jean Léonard Fricandeau, maître Rôtiſſeur & Traiteur à Paris.

Air : *Le premier du mois de Janvier.*

D'abord pour le mois de Janvier,
A quarante ſols le dîner,
Cela fait bien ſoixante livres :
De ſouper vous n'en avez pas ;
D'extraordinaire un poulet gras,
Que je ne compte que deux livres.

Mlle DES USAGES.

Paſſons au mois de Février.

ARLEQUIN.

C'eſt à trois livres le dîner :
Cela fait, je crois, neuf piſtoles.
Nous avons quatre ſoupers fins,
Auxquels j'ai fourni juſqu'aux vins,
Quatre louis.

Mlle DES USAGES.

Ah !

M. FRICANDEAU.

Point de paroles.

Le mois de Mars eſt tout entier,
A huit francs ſouper & dîner ;
Ce qui fait cent ſoixante livres.
Avril, & le mois qui le ſuit,
Sur le même taux ſont écrit,
Vous le verrez deſſus mes livres.

Le total eſt ici tout fait.

Mlle DES USAGES.

Eſt-il juſte, Monſieur ?

FRICANDEAU.

Parfait.
Soupers fins trente-ſix & douze,
Soixante-deux, quatre-vingt-dix,
Trois cent ſoixante & deux fois ſix ;
Font bien ſix cent ſoixante-douze.

Mlle DES USAGES.

Votre total n'eſt pas juſte ; il y a erreur.

SERREFORT.

Il eſt aiſé de recompter.

LA BOURBONNOISE.

Bon, Monſieur, laiſſons-les s'arranger ; ne nous mêlons pas de cela.

SERREFORT.

Il eſt vrai qu'auprès de vous, Mademoiſelle ; il eſt difficile de penſer à autre choſe.

LA BOURBONNOISE.

Vous êtes galant.

FRICANDEAU.

Non, Madame, il ne m'eſt pas poſſible de vous fournir davantage ; il me faut de l'argent.

Mlle DES USAGES.

Mais, Monſieur Fricandeau, je vous donne

ma parole d'honneur, que dans quinze jours je dois toucher ſoixante mille francs, & qu'auſſitôt....

FRICANDEAU.

Non, Madame, point d'argent, point de Suiſſe.

Mlle DES USAGES.

Mais, Monſieur, en vous donnant quelqu'à compte? Ma niéce... ne pourroit-on pas s'arranger? Ma niéce.

SERREFORT.

Mademoiſelle, Madame votre tante vous appelle.

LA BOURBONNOISE.

Que vous plaît-il, ma tante?

Mlle DES USAGES.

Avez-vous quelqu'argent ſur vous?

LA BOURBONNOISE.

Oui, ma tante, j'ai environ deux louis; voilà ma bourſe.

SERREFORT.

Que faites-vous, Mademoiſelle? Laiſſez-moi parler un inſtant à ce malotru? Voyons: de quoi s'agit-il?

FRICANDEAU.

D'un petit mémoire, Monſieur, que j'apporte à Madame; j'ai beſoin d'argent comptant, Madame me remet à quinze jours, qu'elle en doit toucher: le croyez-vous?

SERREFORT

SERREFORT.

Comment, ſi je le crois? Donnez-moi votre mémoire? Tenez, voilà votre argent.

Mlle DES USAGES.

Que faites-vous, Monſieur?

SERREFORT.

J'ai payé cet homme, Madame.

Mlle DES USAGES.

Je ſuis honteuſe de vos bontés, Monſieur, je vous prie de garder ce mémoire, & d'être ſûr que j'y ferai honneur.

FRICANDEAU.

Que vous faut-il pour ſouper, Madame?

Mlle DES USAGES.

Mais, vous voyez, nous ſommes cinq; un petit ſouper, là joli....

FRICANDEAU.

J'entends: vous ſerez bien ſervie; quatre petites entrées, deux piéces fines pour le rôt, quatre plats d'entremets, le deſſert, vin ordinaire, vin de Champagne, vin de liqueur. (*à voix baſſe à Serrefort.*) Eſt-ce vous, Monſieur, qui payez?

SERREFORT.

Sans doute; combien vous faut-il?

Mlle DES USAGES.

Que vois-je! Monſieur, prétendez-vous m'inſulter? Sçachez, Monſieur, que je ne ſuis pas femme à ſouffrir qu'on paye chez moi: cet affront m'eſt ſenſible.

SERREFORT.

Excûſez-moi, Madame, je ne voulois pas..., j'ai cru...

Mlle DES USAGES.

Etes-vous accoutumé, Monſieur Fricandeau, à vous faire payer par les perſonnes qui ſont chez moi? Pour qui me prenez-vous?

FRICANDEAU.

Excuſez, Madame, je vais vous envoyer ſur le champ, tout eſt prêt. Hola garçons, apportez le ſouper.

SCENE XII.

SERREFORT, Mlle DES USAGES, LA BOURBONNOISE, M. TUE, RETAPPE.

Mlle DES USAGES.

IL m'eſt bien douloureux, Monſieur, que vous vous me preniez dans un moment de détreſſe; cela vous donne de moi des idées..

SERREFORT.

Point du tout, Madame.

Mlle DES USAGES.

Apprenez, Monſieur, que je ne prétends pas

que personne chez moi fasse les honneurs de ma maison & de ma table.

SERREFORT.

Je vous demande mille pardons de mon....

Mlle DES USAGES.

En ce cas, tout est pardonné; ne songeons qu'à nous divertir.

SCENE XIII.

SERREFORT, Mlle DES USAGES, LA BOURBONNOISE, M. TUE, RETAPPE, SUZON.

SUZON.

VOILA le souper, Madame.

Mlle DES USAGES.

Des siéges. Allons, plaçons-nous, mettez-vous ici, ma niéce, moi là; Monsieur Serrefort, venez, je vous garde cette place entre nous deux.

SERREFORT.

Ah! Madame.

Mlle DES USAGES.

Sans façon, placez-vous; Monsieur Retappe,

mettez-vous à côté de ma niéce; & vous petit libertin, venez auprès de moi, que j'ai l'œil sur vous.

M. TUE.

Volontiers, ma tante.

RETAPPE.

Allons, qui veut me faire raison de la santé que je porte à ces dames?

SERREFORT.

C'est moi, si ces dames veulent bien me le permettre.

Mlle DES USAGES.

Comment, vous le permettre; bien plus je prétends soutenir votre assaut: veux-tu me seconder, ma niéce?

LA BOURBONNOISE.

Volontiers, ma tante; trinquons.

M. TUE.

Ah! parbleu cousine, il faut que tu nous chantes une chanson.

SERREFORT.

Ah, oui! Mademoiselle.

LA BOURBONNOISE.

Voilà un tour du cousin; il n'en fait jamais d'autres: je ne sçais pas chanter, & répondrois mal à votre attente.

Mlle DES USAGES.

Chante toujours; Monsieur est indulgent, & tu l'amuséras.

LA BOURBONNOISE.

Je ne sçais laquelle chanter.

RETAPPE.

Bon, la premiére venue, pourvu qu'elle soit gaie.

LA BOURBONNOISE.

Air : *du Prévôt des Marchands.*

Que les ris, Bacchus & l'Amour
Dans ces lieux régnent tour à tour.
Aimons, rions, buvons sans cesse :
Que parmi nos jeux la beauté
Conserve toujours sa sagesse,
Mais en dépouille la fierté.

A votre tour, Monsieur Serrefort.

SERREFORT.

Jamais de ma vie je n'ai chanté.

Mlle DES USAGES.

Hé bien, vous en ferez l'apprentissage pour nous.

SERREFORT.

Mais, Madame.

LA BOURBONNOISE.

Oh! je ne vous fais pas de quartier.

RETAPPE.

Allons, Monsieur Serrefort; refuserez-vous ces dames ?

M. TUE.

Courage, Monsieur ; la beauté a bien du pouvoir.

SERREFORT.

Vous le voulez? Il faut vous obéir.

AIR : *des Folies d'Espagne.*

Au Dieu d'amour je fus long-temps rebelle,
Long-temps je bravai ses sommations;
Mais mon cœur lui fait ses offres réelles,
Et s'en tient à ses protestations.

RETAPPE.

Voilà du dernier galant, Mesdames.

M. TUE.

Je n'y trouve qu'un défaut, c'est d'être trop court.

LA BOURBONNOISE.

Hé bien, Monsieur va le réparer à ma priére: allons, un second couplet pour moi.

SERREFORT.

Vous êtes ma Muse : puis-je me refuser à vos inspirations?

Même air.

De vos rigueurs c'est en vain que j'appelle,
La raison met mon appel au néant;
Et me montrant combien vous êtes belle,
Me condamne en tous les frais & dépens.

Mlle DES USAGES.

Cela est charmant. A votre tour, Monsieur Retappe.

RETAPPE.

Après vous, Madame.

Mlle DES USAGES.

Non, je me réserve pour la derniére.

RETAPPE.

AIR : *D'une Allemande,*

Boire avec sa maîtresse
Est-il un sort plus doux ?
Rire & chanter sans cesse,
N'être jamais jaloux, *bis.*
Noyer dans des flots de vin
L'humeur & le chagrin,
Et tenir soir & matin
Verre plein
A la main.

LA BOURBONNOISE.

A ton tour à présent, cousin.

M. TUE.

Volontiers.

AIR : *Servir le Roi, &c.*

Les Dragons, aux champs de Bellonne,
Sçavent moissonner le laurier.
Aussi-tôt que Louis l'ordonne,
Je pars sans demander quartier.

Mais lorſque la paix me raméne
Dans les bras d'un jeune tendron,
L'amour à ſes genoux m'enchaîne,
Et de myrte couvre mon front.

*

Je partage toute ma vie
Entre mon Prince & mes amours.
Quand je reviens près de ma mie,
Elle eſt la reine de mes jours.
Des ennemis bravant l'audace,
Contr'eux je marche avec dédain.
A table Bacchus me terraſſe,
Et l'Amour déſarme ma main.

*

Buvons, ne parlons plus de guerre,
Tous nos rivaux ſont nos amis.
Ne nous battons qu'à coups de verre,
Ne redoutons que les ſoucis.
De notre Roi, de notre pere,
Je vous porte à tous la ſanté.
Amis, les vœux les plus ſincéres
Sont ceux qu'enfante la gaieté.

A votre tour, ma tante.

Mlle DES USAGES.

Je ne m'en défends pas.

AIR : *Le bonheur ſuprême, &c.*

Le plaiſir m'inſpire :
Quel doux délire !
Bacchus & l'Amour
Me commandent tour à tour. *Bis.*

L'un

L'un chantant victoire
Nous force à boire.
L'autre fait aimer,
Et sçait nous enflammer.

Au Dieu de l'yvresse
Donnons nos jours :
Au Dieu des amours
Donnons notre jeunesse.
En chorus, Allons.
Tous en chorus.

Au Dieu de l'yvresse
Donnons nos jours :
Au Dieu des amours
Donnons notre jeunesse.

Mlle DES USAGES.

La décence austére
Au front sévére,
Nous défend les jeux
Qu'aménent ici ces Dieux. *Bis.*
Mais qu'à la sagesse
La douce yvresse
Montre un verre plein,
Elle dira soudain :
Au Dieu de l'yvresse
Donnons nos jours :
Au Dieu des amours
Donnons notre jeunesse.
Tous en chorus.

Au Dieu de l'yvresse
Donnons nos jours :
Au Dieu des amours
Donnons notre jeunesse.

Mlle DES USAGES.

Chérir sa maîtresse,
L'aimer sans cesse,
La voir sans rigueur,
La posséder sans langeur, *bis.*
Consacrer sa vie
A la folie,
Maîtriser l'humeur ;
Voilà le vrai bonheur.
Au Dieu de l'yvresse
Donnons nos jours :
Au Dieu des amours
Donnons notre jeunesse.

Tous en chorus.

SCENE XIV.

SERREFORT, Mlle DES USAGES, LA BOURBONNOISE, M. TUE, RETAPPE, ARLEQUIN *en Tapissier, avec une échelle & un marteau à la main, entrant brusquement avec deux garçons Tapissiers.*

Mlle DES USAGES.

QUI entre chez moi si brusquement ? Hé, c'est Monsieur Trumeau ! Qui vous améne si tard ?

TRUMEAU.

Presque rien, Madame. (*Il pose son échelle, & se met en devoir de détendre la tapisserie.*)

Mlle DES USAGES.

Mais, que faites-vous donc, Monsieur Trumeau ?

TRUMEAU.

Tenez, Madame, je vais le dire tout net. Je vous ai fourni pour deux mille écus de meubles à crédit : il y a trois mois que je devois être payé, je n'ai pas encore reçu un sol. Vous me remettez de jour en jour ; je ne puis plus attendre, j'ai besoin de mon argent, & j'ai vendu vos meubles à d'autres. Ils ſont à moi, je puis les remporter.

LA BOURBONNOISE.

Mais vous ſçavez, Monſieur...

TRUMEAU.

Oui, Mademoiſelle, je ſçais que ſi Madame votre tante eût voulu, il y a long-temps que mes meubles ſeroient payés. Ce riche Financier, qui lui propoſoit d'acquitter mon mémoire, m'en eût fait mettre pour dix mille écus peut-être dans cette petite maiſon, qu'il vouloit vous meubler à Auteuil. Morbleu, Madame, le ſcrupule étoit hors de ſaiſon : j'aurois mon argent, vous vos meubles ; & pour ſi peu de choſe... Cela fait pitié.

Mlle DES USAGES.

Tout doux, Monſieur Trumeau, reſpectez plus ma maiſon.

TRUMEAU.

Ah! mon Dieu, Madame, je ſçais que vous êtes très-reſpectable : vous ne l'êtes que trop. Mais enfin, mon argent ou mes meubles.

Mlle DES USAGES.

Mais, Monſieur, ne pouvez-vous pas attendre quinze jours ſeulement? je vous donne ma parole d'honneur que vous ſerez payé.

TRUMEAU.

Non, Madame, je n'attendrois pas ſeulement un quart d'heure.

La tirant à part, & faisant semblant de lui parler bas, mais assez haut pour être entendu de Serrefort.

Madame, il est un moyen d'empêcher l'enlévement de vos meubles. Le Milord, dont je vous ai parlé, s'offre d'acquitter non-seulement votre mémoire, mais encore de tenir votre maison, si vous voulez seulement lui permettre de venir faire sa cour à votre niéce.

Mlle DES USAGES.

Monsieur Trumeau, vous abusez de ma situation, pour me tenir de pareils propos. Enlevez vos meubles, Monsieur, & ne me parlez plus. Que je suis malheureuse !

TRUMEAU.

Vous le voulez, Madame ? c'est votre faute.

LA BOURBONNOISE *à Serrefort.*

Ah ! Monsieur, faut-il que vous vous trouviez à un pareil spectacle ? Qu'allez-vous penser de nous ?

SERREFORT.

Ah ! Mademoiselle, vos malheurs redoublent mon estime pour vous.

RETAPPE.

Un instant, Monsieur Trumeau, je ne souffrira jamais qu'on fasse une pareille insulte à Madame Je prends le mémoire sur mon compte, & je suis sa caution.

TRUMEAU.

Comment vous appellez-vous, Monſieur ?

RETAPPE.

Je me nomme Retappe, & ſuis Coëffeur de Dames.

TRUMEAU.

Coëffeur de Dames ! Je ne puis vous obliger, Monſieur. Vos revenus ſont fondés ſur quelque choſe de trop frivole : j'ai beſoin d'argent comptant.

LA BOURBONNOISE.

Ah ! Monſieur Retappe, que je vous ai d'obligation de votre bonne volonté ! Mais nous ſommes nées pour être malheureuſes. Ah ! ma tante.

M. TUE.

Monſieur Trumeau, ſi la caution de Monſieur Retappe ne vous ſuffit pas, je m'engage avec lui.

TRUMEAU.

Qui êtes-vous, Monſieur ?

M. TUE.

Madame eſt ma tante : je m'appelle Tue. Je ſuis Lieutenant réformé de Dragons.

TRUMEAU.

Lieutenant réformé de Dragons ! Je ne puis vous obliger, Monſieur : j'ai beſoin d'argent comptant.

Mlle DES USAGES.

Ah! mon neveu.

LA BOURBONNOISE.

Ah! mon cher cousin.

TRUMEAU.

Et bien, Madame...

Mlle DES USAGES.

Non, vous cherchez en vain à profiter de mon malheur: démeublez, Monsieur Trumeau, démeublez.

SERREFORT.

Non, Madame, non, Monsieur n'emportera rien: je n'ai pas d'argent sur moi; mais voici un billet au porteur de cinq mille francs. Voulez-vous l'accepter, Monsieur? je vais vous faire une obligation des cent pistoles excédens. Je m'appelle Serrefort, Procureur en la Cour, demeurant rue Vuide-gousset.

TRUMEAU.

Monsieur, il faut en passer par où vous voulez; & le desir que j'ai d'obliger Madame, me fait accepter vos offres. Tenez, Monsieur, voilà le mémoire de Madame: voulez-vous mettre un petit mot d'écrit?

SERREFORT.

Volontiers.

LA BOURBONNOISE.

Ah! Monſieur, que je vous ai d'obligations! Non, je ne les oublierai jamais.

Mlle DES USAGES.

Monſieur, ſoyez certain de ma reconnoiſſance; & qu'auſſi-tôt que j'aurai touché mon rembourſement, je n'aurai rien de plus preſſé que d'acquitter toutes les obligations que je vous ai.

TRUMEAU.

Madame, j'eſpere que vous voudrez bien oublier la petite vivacité que m'a cauſée le beſoin.

Mlle DES USAGES.

Allez, Monſieur, vous avez fait votre métier.

SCENE

SCENE XV.

SERREFORT, Mlle DES USAGES, LA BOURBONNOISE, M. TUE, RETAPPE.

SERREFORT.

ALLONS, Mesdames, remettons-nous à table, oublions le passé, & ne songeons qu'à nous réjouir.

Mlle DES USAGES.

Ah ! je ne suis guère en état de tenir ma place ; j'ai une migraine à mourir.

LA BOURBONNOISE.

Ah ! ma tante ; je lui défie de tenir contre la bonne humeur de Monsieur, allons, c'est à sa santé que je bois : je veux qu'on m'en fasse raison.

Mlle DES USAGES.

Comme tu sçais me prendre. (*à Retappe, bas,*) Avançons-nous.

RETAPPE *bas.*

Nous touchons au dénouement.

Il laisse tomber son verre plein sur l'habit de M. Tue.

M. TUE.
Vous êtes bien mal adroit.
RETAPPE.
Je ne l'ai pas fait exprès.
M. TUE.
Il falloit y prendre garde.
RETAPPE.
Le malheur n'eſt pas grand.
M. TUE.
Qu'importe ? cela me déplaît.
RETAPPE.
J'en ſuis fâché.
M. TUE.
Vous raillez, je crois ?
RETAPPE.
Pourquoi non ?
M. TUE.
Vous êtes un drôle.
RETAPPE.
Et vous un poliſſon.
M. TUE *lui donnant un ſouflet.*
Tiens, voilà ton poliſſon.
RETAPPE *mettant l'épée à la main.*
Malheureux, j'en aurai raiſon.
LA BOURBONNOISE.
Au guet, au guet, un Commiſſaire.
Mlle DES USAGES.
Meſſieurs, vous me perdez ; ſortez.
SERREFORT.
Eh ! Meſſieurs.
LA BOURBONNOISE.
Au guet ; on s'aſſaſine, au meurtre.

Mlle DES USAGES.

Taisez-vous, Monsieur Retappe...

RETAPPE.

Un soufflet? Non, il faut qu'il périsse par ma main.

Mlle DES USAGES.

Mon neveu...

M. TUE.

Un polisson! ma tante, moi, un Militaire! Ah! je lui ferai voir...

LA BOURBONNOISE.

Eh! Monsieur! ils vont s'égorger; séparez-les donc: au meurtre, à l'assassin, au guet.

SCENE XVI.

SERREFORT, Mlle DES USAGES, LA BOURBONNOISE, M. TUE, RETAPPE, ARLEQUIN *en Commissaire.*

ARLEQUIN.

GARDEZ bien la porte, que personne n'entre ni ne sorte; ne laissez échaper ame qui vive. De par le Roi, rendez vos épées: qu'est-ce ceci? ah, ah! Mademoiselle des Usages, on fait du tapage chez vous; & vous, gentille Bourbonnoise, on s'égorge pour vos beaux yeux. Allons, une petite retraite de trois mois vous rendra plus sage. Vos noms, Messieurs, vos demeures & vos qualités.

Mlle DES USAGES.

Ah! Monsieur Tigret, ayez pitié de nous.

LA BOURBONNOISE.

Monsieur Tigret, voyez mes larmes.

ARLEQUIN.

Non, je vous ai déja pardonné trop de fois : faites vos petits paquets. Quant à ces Messieurs, l'air de Gentilli leur fera sûrement du bien.

SERREFORT.

Où suis-je ? Ah ! ciel, je suis pris pour dupe. Malheureux Retappe ! Tâchons de nous échaper : la leçon me coûte cher. Mais heureux l'oiseau qui ne laisse au trébuchet que quelques plumes. (*Il s'évade.*)

SCENE XVII. & derniére.

LA BOURBONNOISE, Mlle DES USAGES, M. TUE, RETAPPE, ARLEQUIN.

LA BOURBONNOISE.

IL est parti.

RETAPPE.

Victoire.

ARLEQUIN.

Monsieur le Commissaire a le gosier altéré : permettez-lui de boire.

Mlle DES USAGES.

Boi, mon cher, boi. Et bien, mes enfans ?

LA BOURBONNOISE.

Tu es une femme unique.

Mlle DES USAGES.

Nous en tiendrons-nous là ?

LA BOURBONNOISE.

Si notre histoire transpire...

RETAPPE.

Ne craignez pas qu'il ose s'en vanter.

ARLEQUIN.

Et qui de nous mérite le laurier ?

LA BOURBONNOISE.

Va, tu es le plus adroit coquin du monde.

M. TUE.

Ne nous reprochons rien : chacun de nous a rempli son rôle tout au mieux.

LA BOURBONNOISE.

Il se fait tard : demain nous parlerons de noce. Allons nous reposer.

Mlle DES USAGES.

Tu as raison.

ARLEQUIN.

Un instant. Quitterons-nous la compagnie sans boire à sa santé ?

RETAPPE.

Non : & qui plus est, il faut que chacun chante son couplet.

VAUDEVILLE.

Mlle DES USAGES.

AIR : *La Bourbonnoise.*

La Bourbonnoise
Sous un air décent,
Par mon adresse,
Attrape un amant ;
Avec un œil doux,
Une caresse,
Les femmes de tout
Viennent à bout.

LA-BOURBONNOISE.

De mon village
J'apporte en ces lieux
Gentil corſage,
Air futé, doux yeux :
J'enchaîne par-tout
Le fou, le ſage;
Les femmes &c.

RETAPPE.

Plein de tendreſſe,
J'étois fort jaloux;
Mais ma maîtreſſe
Calme mon couroux :
Avec un œil doux
On nous appaiſe;
Les femmes, &c.

M. TUE.

Avec courage
Bravant le trépas,
Je fais carnage
Au fort des combats;
Mais un minois doux
Calme ma rage;
Les femmes, &c.

ARLEQUIN.

Vous qu'on révere,
Qu'on aime en tous lieux;
Daignez nous faire
Signe gracieux :
Au cenſeur jaloux
Nous ſçaurons plaire.
Les femmes par-tout
Fixent le goût.

www.ingramcontent.com/pod-product-compliance
Ingram Content Group UK Ltd.
Pitfield, Milton Keynes, MK11 3LW, UK
UKHW020957180726
13838UKWH00003B/1365

9 782329 093314